FERNAND CRÉSY

Les Fauves

POÉSIES

Le Mitron. — Tête et Cœur.
Pyrénéennes.

PARIS

ALPHONSE LEMERRE, ÉDITEUR

27-31, PASSAGE CHOISEUL, 27-31

M D CCC LXXX

LES FAUVES

POÉSIES

FERNAND CRÉSY

Les Fauves

POÉSIES

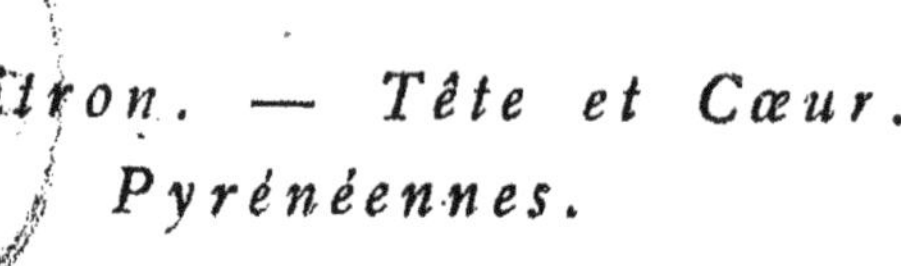

Le Mitron. — Tête et Cœur.
Pyrénéennes.

PARIS

ALPHONSE LEMERRE, ÉDITEUR

27-31, PASSAGE CHOISEUL, 27-31

M D CCC LXXX

LE MITRON

À

LÉON CLADEL

Mon Parrain ès-Lettres

F. C.

LE MITRON

Le bal avait été ravissant et féerique :

Dans leurs coffres vernis, les plantes d'Amérique
Au vertige entraînant du quadrille enchanteur
Mêlaient l'enivrement de leur forte senteur;
Des faunes en cristal soutenaient sur l'échine
Les candélabres d'or et les vases de Chine.

Tout n'était que parfums, joie, éclat et bouquets.

Dans le grand corridor, un peuple de laquais
S'empressaient, étalant fièrement leur livrée
Aux parements d'étoffe argentée ou dorée.

Sur le parquet ciré, précipitant leurs pas,
Les couples tournoyaient et ne respiraient pas,
Agitant, aux sons lents des flûtes et des harpes,
Des nuages légers de cheveux et d'écharpes.

Dans la valse, parfois un serrement vainqueur
Sous un sein virginal faisait frémir un cœur,
Et les aveux d'amour, qu'on ose à peine faire,
Planaient, mystérieux, dans la chaude atmosphère.

Aline avait longtemps valsé.....

                              La belle enfant
Promena son regard limpide et triomphant
Sur les groupes, avec une parfaite grâce,
Et puis, d'un geste, empreint des fiertés de sa race,
Elle fit ses adieux, que sa hâte abrégea,
Aux danseurs affligés de la perdre déjà.

II

Aline était, avec sa chevelure blonde,
Et ses yeux aussi bleus que le ciel et que l'onde,
Et son teint aussi blanc que la neige et le lait,
Bien belle, — et bien heureuse, ou du moins le semblait :

Rien n'avait jusqu'ici, félonie ou faiblesse,
Entâché le blason de sa haute noblesse,
Et la fortune était immense, au point que c'est
A peine si le vieux fermier la connaissait.

Elle a près de vingt ans ; sa mère l'idolâtre.

III

Assise auprès du feu qui scintille dans l'âtre,
Indifférente et froide, Aline laisse en paix
Ses femmes dénouer sur ses cheveux épais
Les dentelles de Flandre et la blanche couronne.

Dans le boudoir, un luxe inconnu l'environne :

Le lustre aux douze becs, de ses ardents reflets,
Fait miroiter l'onyx des riches bracelets
Et des colliers épars sur la table, en désordre,
Et qui, pareils à des serpents, semblent se tordre.

Deux rideaux somptueux de soie et de velours
Pendent à la croisée, immobiles et lourds.
Là, fourmillent les plis de satin d'une robe
Sous laquelle un érard à moitié se dérobe;
Et, sur le sopha bleu, les cachemires blancs
Et les fauves boas de martre, tout tremblants
Sous les doigts affairés des jeunes chambrières,
S'en vont roulant.....

                Aline alors fait ses prières
Et se couche, tandis qu'Annous l'ensevelit
Dans l'assoupissement embaumé de son lit.

IV

L'enfant, au lendemain, penchée à sa fenêtre,
Songeait :

Sur le vallon l'aube venait de naître ;
Au travail lentement s'éveillait le quartier ;
Avec quatre mulets passait un muletier,
Dont le grand fouet de cuir dans les airs claquait ferme ;
La vendeuse de lait arrivait de la ferme ;
Veste bleue à galons rouges de caporal
Et sac au dos, partait le vieux facteur rural ;
Tout là-bas, l'épicier ouvrait à la pratique
La devanture peinte à neuf de sa boutique,
Et plus loin un commis marchait d'un air pressé.

V

Juste en face, à cinq pas du balcon tapissé
De liserons grimpants, de glaïeuls et de roses,
Où rêve, — comme en proie à des pensers moroses, —
Aline, un boulanger travaille...

Par le seuil

Grand ouvert de la porte, elle plonge son œil
Dans l'intérieur noir du logis misérable,
Où le mitron, auprès d'un gros fagot d'érable,
Garçon de vingt-deux ans, rouge et les cheveux ras,
Dans la pâte gluante enfonce ses deux bras.

Aline le contemple et l'écho lui renvoie
Les cris du travailleur qui s'en donne à cœur-joie :

Qu'il est beau de le voir, nu du cou jusqu'aux reins,
Pareil à ces lutteurs vigoureux et sereins
Qui portent sur leur dos, comme on porte une plume,
Dans les foires, devant cent badauds, une enclume !
Car, certes, le mitron les vaut à tous égards :
Avec son front de brau, c'est un superbe gars,
Mais, malgré cela, doux et même un peu timide.

Solide sur ses pieds comme une pyramide,
Ainsi qu'a pu le voir tout le bourg rassemblé,
Pendant une minute il tient trois sacs de blé.

Aline regardait sa poitrine plombée
Sous les touffes de crins bossuée et bombée.

Le long du bras marqué d'un croquis à traits bleus,
Veines et nerfs rampant sous le cuir musculeux
Faisaient saillie ainsi que des dos de couleuvre.

Et le mitron, toujours et tout entier à l'œuvre,
Pétrissait :

                    Ses poignets nerveux, avec entrain,
Soulevaient un monceau de pâte du pétrin,
Et puis la rebattaient, massive, flasque et blanche,
Avec un fracas sec et brutal, sur la planche.
Il peinait et suait, tandis qu'il étreignait
La pâte ; et cependant sa voix accompagnait
Chacun de ses efforts qu'elle excitait encore
D'un hurlement confus, bestial et sonore.

Aline s'enivrait, et sa virginité
Tressaillait à l'aspect de cette nudité ;
Son regard fasciné s'accrochait à ce torse
Où la virilité fermentait avec force ;
Des cauchemars fiévreux comme un poids étouffant,
Oppressaient ses poumons et son cerveau d'enfant...

Hallucination magique et sans pareille !

Son crâne semblait près d'éclater, son oreille
Entendait bourdonner, ainsi qu'un bruit de flots,
Des murmures, des chants, des soupirs, des sanglots.

VI

Le souvenir lointain des diamants, des danses,
Des flambeaux pâlissant au sein des vapeurs denses,
L'essaim des cavaliers parfumés et charmants,
Les madrigaux au musc, les éblouissements
Dont ses sens avaient dû se repaître, la veille,
Au bal dont elle était l'idole et la merveille,
Tout cela n'était rien et s'évanouissait
Devant ce corps de fer qui s'épanouissait
Comme une fleur, montrant une carrure énorme,
Avec des muscles durs comme les nœuds d'un orme.

Aussi, la jeune fille, en peignoir de satin,
Venait, depuis deux mois, s'accouder, le matin,
Sur l'humide rebord du vieux perron de pierre ;
Et c'est pourquoi, le soir, en fermant sa paupière,

Oubliant les dandys frisés, elle rêvait
De quelque hercule à poil, debout à son chevet.

VII

Dans le couvent le plus en renom de Toulouse,
Sous l'œil toujours ouvert d'une nonne jalouse,
Aline avait vécu, dès l'âge de neuf ans.

Ses deux vieux grands parents étaient encor vivants
Quand sa mère, un beau jour, l'amena dans ce cloître.
Dans l'asile de paix, Aline devait croître
Et s'embellir, ainsi qu'une rose au printemps.

Ce fut d'abord l'enfance aux ébats éclatants,
Aux grands bonds dans la cour oblongue et régulière
Et dans le vieux jardin ceint de voiles de lierre,
Le mouvement, les cris joyeux, le teint vermeil,
Et le soir, sous les blancs rideaux, le prompt sommeil;
L'enfance pure, autant que la cire d'un cierge,
Les bouquets déposés aux genoux de la Vierge,
Ce mysticisme fade et pompeux, dont l'esprit
Des naïfs volontiers s'abreuve et se nourrit,

Avec ses nudités niaises, ses images
De gras petits Jésus adorés par les Mages,
La foi nulle et pieuse, avec l'aveu banal
De ses péchés au fond du confessionnal ;
Puis l'autel s'emplissant, pour fêter la première
Communion, de chants, d'encens et de lumière.

Plus tard, on sait qu'on a là-bas, à la maison,
De grands champs s'étendant plus loin que l'horizon,
Et des bandes de bœufs, et de chevaux, et d'hommes
Qui travaillent pour vous sous quatre majordomes,
Donc, on dort, à l'étude, à force de bâiller,
Sur la table, avec un atlas pour oreiller.

Or, on voit la maîtresse elle-même, qui lève
Ses épaules, au nom de quelque pauvre élève
Qui doit étudier, car elle en a besoin,
Et qu'on laisse toujours s'ennuyer en un coin ;
Et quand il faut choisir une amie, on prend celle
Qui comme vous est riche et grande demoiselle.

Et c'est l'adolescence.....
                          Alors, pendant cinq ans,
Avec l'amie, en des tête-à-tête fréquents,

On se chuchote, à voix basse, des mots étranges;
Et le cœur tremble, sous la pélerine à franges,
Dans ces entretiens-là, trop chers à toutes deux,
Mystérieux toujours, et quelquefois hideux.

Alors, dans le dortoir au froid carreau de briques,
Ce sont les visions des mornes nuits lubriques,
Les soupirs assourdis de l'impudicité
Flétrissant le lys blanc de la virginité;
Et quand l'aube revient, c'est le regard sinistre
Qui flotte dans les yeux tout estompés de bistre,
Et, dans les défilés le long des piliers gris,
La jaunâtre pâleur des visages flétris.....

VIII

Or, qu'importe qu'au nom le déshonneur s'attache?
Qu'importe un titre altier sur un blason sans tache,
Six siècles de noblesse, et de gloire, et d'orgueil,
Et cent aïeux dormant le sommeil du cercueil?

Nul ne connaît combien de temps dura la lutte.
Mais la fierté de la patricienne, en butte

Au caprice inouï d'une âpre passion,
Eut enfin le dessous dans cette occasion.

Aline était pensive ; elle venait d'écrire...
Puis, se levant, avec un paisible sourire,
Plus calme qu'un camée antique, elle appela :

« Annous, fit-elle, allez porter ce billet..... Là !.... »

IX

La chambre est parfumée.

                              Une glace renvoie
Sur la froissure en feu des tentures de soie,
En zigzags affolés par les murs voyageant,
Les vacillants rayons d'une lampe d'argent.

Aline s'assoupit sur son lit de dentelle.

Les yeux appesantis, à qui donc pense-t-elle,
En torturant des doigts les grains de son collier ?

Tout à coup elle entend des pas dans l'escalier ;
Son front sur l'oreiller se soulève avec peine ;

Mais la porte aussitôt a fait grincer le pêne
Et glisse sur ses gonds avec un bruit léger...

Dans la pénombre, Aline a vu le boulanger
Dont le cœur effaré bat sous sa blouse grise
Et qui regarde avec des yeux pleins de surprise.

Cet homme, le mitron, est celui qu'elle attend.

Sur la tapisserie au dessin éclatant,
Appendus par des clous d'acier, la jeune fille
Crut voir alors trembler ses portraits de famille.....

X

Aline, les cheveux inondant les coussins,
Étalant les splendeurs vivantes de ses seins,
Perdue et se tordant sous la puissante étreinte
Du mitron, frissonnait de désir et de crainte.

Pantelante, elle sent cette mâle vigueur,
Ce rude embrassement qui baise sa langueur;
Sa lèvre rose boit, sans qu'elle se repaisse,
Des voluptés sans fin, sur cette lèvre épaisse.

Son corps blanc se dégage en entier du peignoir
Et colle étroitement à ce corps presque noir,
Et de ses bras fiévreux elle enlace ce buste,
Comme un lierre le tronc d'un châtaignier robuste.

Lectrice, tout cela vous explique comment
Le mitron fut pendant quatre mois son amant.

XI

Il est midi.

        Sur la grand'place du village,
A l'ombre d'un platane, et devant l'étalage
De la charcuterie où pend un croc luisant,
Des hommes sont causant entr'eux et devisant :

« Foc del Cel! s'écriait, avec sa voix qui pleure,
Le tailleur, maigre et vieux, voici s'avancer l'heure.

— Ah! dit le forgeron, ma foi! je n'étais plus
Dans mon lit, ce matin, quand sonnait l'Angelus;
Je suis trop fatigué : notre fer n'est pas tendre;
Et pour me reposer un peu, je vais attendre.

Puis, ma femme aujourd'hui ne pourra rien savoir
De mon retard, car elle est partie au lavoir.

— Tu devrais profiter alors de la journée,
Reprit le cordonnier, pour ta gueule tannée,
Puisque ta femme lave aujourd'hui.....

                                       — Nom d'un chien !
Mon visage n'est pas si sale que le tien,
Venait l'autre en montrant ses jaunes incisives,
Vieux pégot ! et pour sûr il faudrait dix lessives,
Si l'on avait affaire à toi, vilain oiseau,
Pour te débarbouiller le nez et le museau..... »

Et le mitron riait aussi.....
                              Près de l'école,
Passe le menuisier, portant son pot à colle.

Le forgeron, avec ses doigts noirs de charbon,
Lui fait un signe :
                        « Eh bien ! que nous dis-tu de bon,
Cadet ?
         — Moi ? Rien du tout... Je viens de chez le maire
Rajuster deux liteaux...

— Et comment va la mère?

— Comme ça... Cependant un peu mieux... A propos,
Poursuit le menuisier après un court repos,
Du nouveau que m'a dit le peintre à la mairie :
C'est que mademoiselle Aline se marie...

— Avec qui donc? demande alors le forgeron.

— Je ne sais pas : un comte... un marquis... un baron...
Quoi qu'il en soit, ça doit être un grand personnage,
Il habite depuis un mois le voisinage;
Agréé des parents, il vient dans la maison :
Mariage à la fois d'amour et de raison...
Diou mé damné! la dot seule est une fortune :
On dit sept ou huit cent mille francs; c'en est une
A nous enrichir tous avec le revenu. »

Le mitron l'écoutait... Il était devenu
Blanc, et ne riait plus..... D'une voix saccadée,
Il dit pourtant :

       « Est-il sûr qu'il l'ait demandée?

— Oui, oui, puisque la mère a déjà fait venir
Le notaire... l'on veut au plus vite en finir...

L'après-midi, pour voir mademoiselle Aline,
Seul et tantôt à pied, tantôt sur sa berline,
Le futur vient souvent... C'est juste celui-là
Qui sur le bout du pont, l'autre jour, me parla...
Un beau garçon : cheveux noirs et moustache rousse;
Quoiqu'il me semble un peu que son nez se retrousse.
Il repart, toujours seul, au tomber de la nuit,
Et suit le grand chemin du Riou qui le conduit
Au château de Rocbrun, car c'est là qu'il demeure...
Ah !.. la première nuit de noces !.. que je meure !..

— Ces riches ! dit le vieux tailleur..... »

Et le mitron

Étouffa dans sa gorge un horrible juron...

XII

Ayant, jusqu'à la nuit, dans la forêt prochaine,
Empilé des copeaux et des branches de chêne,
Le mitron disposa la masse en tas égaux
Et revint au logis chargé de six fagots.

Tout noir, le four bâillait, silencieux et large.

Alors il y jeta tout entière sa charge,
Et, comme s'il faisait son œuvre accoutumé,
Il saisit d'une main un sarment enflammé :
Ensuite s'approchant de la gueule de l'antre,
Ogre dont il avait si bien rempli le ventre,
Il alluma la brande.

                    Et la flamme, à l'instant,
Rapide, envahit tout, sifflant et serpentant.
Jamais encor le four n'avait pris de la sorte.

Le mitron, satisfait, en referma la porte,
Et, cachant sous sa blouse une hache, il sortit.

Il chemina, tandis que petit à petit
Les lampes s'éteignaient aux vitres des masures.
Et ses jambes sous lui se dérobaient, peu sûres...

XIII

Henri chanta ; sa voix splendide de ténor
Vibrait dans le salon où les franges en or
Des rideaux ombrageant une Vénus de marbre
S'agitaient mollement comme des feuilles d'arbre.
C'est Faust qui chante, Faust, pâle et les yeux rougis,
S'effarant du désert sombre du Walpurgis.

Sur le clavier plaintif comme une mandoline,
Effilés et légers, couraient les doigts d'Aline.

Au dehors, le vallon se couvre d'ombre au loin.

La mère, sommeillant à demi dans un coin
Et croisant ses deux pieds sur les tapis de Perse,
Regarde dans la nuit triste et tiède que perce,
Par moments, la lueur terne d'un feu follet,
Et dit, tout en bâillant :

        « Que votre voix me plaît ! »

Alors, soudain, un vif éclair troua la nue ;

« Aline, dit Henri, voici l'heure venue,
Il est tard et le temps est menaçant ; je pars :
Donc, un dernier baiser sur tes cheveux épars,
Cher ange.
			— C'est déjà l'heure, s'écrie Aline. »

Et puis, obéissante et douce, elle s'incline
Pour présenter son front à la lèvre d'Henri :

« C'est que vous n'êtes pas encore son mari,
Dit la mère, en lorgnant par dessous ses lunettes,
Attendez quelques jours.

				— Est-ce donc que vous n'êtes
Pas ma mère déjà depuis longtemps ?
						— Mon fils !
Je vous donne ce nom devant le crucifix ;
Tout l'espoir d'une enfant et d'une vieille femme
Est en vous ; le briser, Henri, serait infâme...
Si vous ne l'aimiez pas, et si vous me trompiez !..

— Ma mère, j'aime Aline, et j'en jure à vos pieds ;
Puisse, si je vous mens, si jamais je suis autre,
Tomber cette main-là qui tremble dans la vôtre !

—O mes deux chers enfants, soyez bénis par Dieu
Et moi ; votre bonheur sera le mien... adieu !... »

Et les yeux de la mère étaient mouillés de larmes :

« Mais vous partez tout seul, dit Aline, sans armes ?
J'ai presque peur pour vous...

                  —Ne crains rien, mon enfant ;
La course n'est pas longue, et l'amour me défend ! »

XIV

Quand il partit, Aline, entr'ouvrant sa fenêtre,
Put dans l'ombre profonde encor le reconnaître.

Elle l'aimait, hélas ! mais le noir souvenir
S'attachait à son noble amour pour le ternir.

Malheur ! Henri l'aimait aussi, lui, le jeune homme
Que, pure, on se choisit et que tout bas on nomme,
Qu'on chérit sans rougir sous les yeux des parents,
L'élu du cœur, peuplant les rêves transparents
De la vierge...

O pudeur! ô chasteté!... chimère!...

Elle se débattait sous la torture amère
Sous les serres en feu de ses acres douleurs
Et pleurait vainement les plus clairs de ses pleurs.
Sa poitrine, au milieu de ses nuits sépulcrales,
Oppressée, exhalait de lamentables râles;
Mille spectres hideux accouraient, chaque soir,
Livides, sur le bord de sa couche, s'asseoir,
Secouant sans repos sur ses folles pensées,
L'ironique grelot de ses hontes passées...
Hélas! hélas! et rien ne pouvait, que la mort,
En lui glaçant le cœur, étouffer son remord.

C'est fatal en ce monde : il faut qu'on désespère
Quand le remords, visqueuse et lugubre vipère,
Vient planter ses crochets dans l'âme d'un mortel.
Ni l'ardente prière aux marches de l'autel,
Ni les éclats bruyants d'un plaisir éphémère,
Ni la sainte amitié, ni le cœur d'une mère,
Rien ne peut ramener la paix des anciens jours :
Il faut souffrir toujours, désespérer toujours.

Sur les ifs du jardin chantait une chouette.

Aline, du regard, suivait la silhouette
D'Henri; mais le bruit mat de ses pas résolus
Se perdait dans l'espace et ne s'entendait plus...
Tout à coup elle vit, au détour de la rue,
Après lui fuir une ombre aussitôt disparue...

XV

Sur le ravin, le roc, refuge de l'aspic,
Surplombe, comme un mur de trois cents pieds, à pic.
Le crapaud en rut jette un sanglot monotone
Plus tendre que le chant du bouvreuil en automne.
Au lointain, le torrent mugit, et, des sillons,
S'élève le cricri répété des grillons...
Vraiment! la nuit est belle, et l'artiste bohème
Sentirait dans son cœur ému sourdre un poème
Délicieux, doux comme une neuvaine, et frais
Comme un vent d'Est rasant la cime des forêts.

O mère bienfaisante et féconde, ô Nature,
Que sous les vastes cieux bénit la créature,

Comme la vierge blonde, au matin de l'hymen,
Tu sens bondir ton cœur et tressaillir ta main.
Oh! je t'aime, Nature, ô toi qui m'as fait naître,
Toi qui, suivant ces lois que nul ne peut connaître,
Dans les saintes douleurs d'un dur enfantement,
Donnes l'aile à l'oiseau, l'éclat au diamant,
A la fleur son parfum, au grand chêne sa sève,
Aux hommes un cerveau qui calcule ou qui rêve...
C'est toi qui, sur son axe éternel, fais mouvoir
L'antique firmament resplendissant à voir.
A ta règle immuable obéissent ces mondes
Sans nombre dont mon œil, au sein des nuits profondes,
Suit les pas cadencés sur l'hyperbole d'or,
Quand se taisent les vents sur la plaine qui dort...

Les espaces, les temps, le vrai, le beau, le juste
Et l'idéal, c'est toi, toi seule, ô mère auguste;
Grâces à toi, l'aimant attire, l'animal
Se meut, l'Idée agit et le bien naît du mal.
En pourrissant à l'air, la vivante matière
Engraisse de ses sucs les fleurs du cimetière;
C'est ainsi que tout meurt et revit, ô Bonté,
Que sort de toute mort une immortalité,

La seule qu'ici-bas puisse espérer tout homme,
Et la même à la fois pour l'esprit et l'atome...

Henri s'en va, poète agreste, et le chemin
S'étend comme un ruban que déroule une main,
Blanc, dans la perspective à teinte violette...

Mais, d'un taillis, un homme à la nuque d'athlète
Fond sur lui, brandissant une cognée...
                                        Henri
N'eut pas même le temps de proférer un cri,
L'inconnu le tenait sous ses genoux.

                                  Et certe
La campagne est tranquille et la route déserte.

Et, dans le sifflement prolongé des rameaux,
L'agresseur lui souffla bouche à bouche ces mots :

« Aline ne peut pas être à tous deux ensemble :
C'est ma maîtresse !... »

                        Horreur ! Henri tressaute, il semble
Qu'un ressort tout à coup l'enlève ; il est debout.
Et là, son pouls qui bat et son crâne qui bout,

Immobile et brûlant sous l'aveu qui l'accable,
Il écoute, il se tait...

　　　　　　　　L'autre ajoute, implacable :

« Si je fus le premier, je dois être le seul ;
Pour moi les draps d'Aline, et pour toi le linceul.
Et si le diable peut te sauver, qu'il le fasse ! »

Ils étaient là, tous deux, sans bouger, face à face.

Henri hurla :

　　　　　　« Tu mens !... non, non, ce n'est pas vrai.
Ah ! vil goujat, tu mens !... et je l'épouserai...

— Jamais ! » fit l'autre ; et puis il se mit à poursuivre
D'un ton qui ressemblait aux sons aigres du cuivre :

« Quoi, tu doutes encor ! tu restes incertain !...
Écoute donc : depuis minuit jusqu'au matin,
Quatre mois tout entiers moi je l'ai possédée,
Moi qui parle ; et jamais tu n'auras une idée
De mes plaisirs, pour moi jusqu'alors inconnus,
Lorsque ma main serrait sa gorge et ses seins nus.

Sur son corps tu pourrais voir encore la trace
De mes larges baisers meurtrissant sa chair grasse.
Et si tu n'en crois pas mes paroles, du moins
Demande à ses aïeux : ils en furent témoins!... »

Alors, prêt à bondir comme un chien pris de rage,
Henri, sentant soudain se glacer son courage,
Recula.

       Le mitron se dressait effrayant...
La hache se leva, puis s'abattit, rayant
Les ténèbres d'un arc de cercle métallique...

Et, dans le creux du val sombre et mélancolique,
On entendait toujours le concert des crapauds,
Des grillons et des bois ; et là-bas, sans repos,
A l'étroit dans le lit de ses rives trop proches,
La cascade en fureur s'acharnait sur les roches.

XVI

Le four avait chauffé.

       C'est alors qu'en larron,
Longeant l'obscurité des murs bas, le mitron,

Au taudis morne et sourd comme une nécropole,
Rentra, blême, hagard, retenant sur l'épaule
Un fardeau qu'il laissa tomber sur le plancher.
Puis, faisant un écart, par crainte de marcher
Dessus, il avança quelques pas dans la salle,
Près de la cheminée informe et colossale
De son four qu'à tâtons il heurta doucement,
Et puis il en ouvrit la porte.
                                    En ce moment,
Du trou grondant jaillit, brusque, une lueur rouge
Se reflétant aux murs enfarinés du bouge.
Et l'on eût aperçu, gisant, le corps d'Henri,
Sanglant, le front crevé, le visage meurtri,
Les habits maculés de débris de cervelle.

C'est effrayant ! à cette heure tout se révèle.....

Le mitron mit son œil aux fentes du volet :
La nue était partie et le ciel s'étoilait,
Mais la rue était bien toujours dans le silence.....

Alors, prenant le corps, il le tint en balance
Un instant dans l'étau de ses bras de géant.
Et le fit disparaître au fond du four béant

Cependant qu'un blasphème écartelait sa bouche.....

Vers le petit matin, il ressortit, farouche.....

XVII

Lorsque, le lendemain, Aline, du salon
Interrogea des yeux le chemin du vallon
Qu'abrite un rocher gris mille fois centenaire,
Elle n'aperçut pas, ainsi qu'à l'ordinaire,
Henri la saluant, là-bas, de son mouchoir.

Enfin, lasse d'attendre, elle se laissa choir
Dans le fauteuil voisin, l'âme grosse d'alarmes.
Et là, la pauvre enfant laissa couler ses larmes
Sur son espoir perdu, sur son rêve en débris.....

Car son âme d'amante avait presque compris.

XVIII

La boutique, depuis, resta longtemps fermée,
Toujours seule, toujours sans bruit et sans fumée ;

Dans la suite, jamais le mitron n'y revint.

On chercha par le val Henri..... mais bien en vain !
On trouva seulement, au pied de la colline,
Son mouchoir teint de sang et que conserve Aline.....
Elle a tout deviné; mais seule..... Et je promets
Qu'en son cœur ce secret dormira pour jamais.

Moissac. — Avril, 1878.

TÊTE ET CŒUR

TÊTE ET CŒUR

I

L'IDOLE

à R. M.

Ton souvenir est comme un de ces dieux barbares
Qu'au fond d'une pagode adorent les Indous,
Et qui, dans l'hécatombe humaine, trouvent doux
L'hymne des os broyés sous la roue et les barres :

Pour lui, ma poésie érige un riche autel,
Sanctuaire inouï de mon culte, et je donne,
Funèbre enfant de chœur, aux pieds de ma madone
Mes sanglots pour en faire un cantique immortel.

Et la divinité, sombre, agrée en victimes
Ma joie, et mes espoirs, et mes rêves intimes
Que j'immole à genoux devant le reposoir.

Enfin, pour compléter le sacrifice immense,
J'ouvre mon cœur saignant d'amour et de démence,
Et mon cœur fume alors, ainsi qu'un encensoir.

II

LE VOYAGE

à Charles Cros.

Dès les premiers pas dans la vie
Où luit le soleil du matin,
Le Rêve, muse, ange ou lutin,
Caresse notre âme ravie.

Bientôt le Doute rend lointain
Le but de la route suivie,
Et, sur le regret et l'envie,
Nous posons un pied incertain.

Puis vient le spleen sombre; c'est l'heure
Où le jarret plie, où l'œil pleure,
Où l'horizon semble tout noir.

Enfin, à l'étape dernière,
Nous hurlons sous le Désespoir
Et nous crevons dans une ornière.

III

RELIQUE

Le cœur, comme le fer battu sur les enclumes,
Sous le marteau du temps se transforme assoupli;
Le vent de l'inconstance, ainsi qu'un vol de plumes,
Pousse nos souvenirs dans la nuit de l'oubli.

Hier, oisif et seul, au milieu des volumes
Dont tes doigts ont marqué maintes pages d'un pli,
Je rouvris, par hasard, le vieux livre où nous lûmes
Ce beau conte d'amours qui n'ont jamais faibli.

J'y retrouvai, depuis bien longtemps délaissée,
La fleur qu'y mit ta main, Anna, cette pensée
Qu'ensemble nous avions cueillie en un beau jour.

Mais la tige en était flétrie et la corolle
Desséchée..... Et je fus un instant sans parole.....
Tout ce qui reste est là de notre ancien amour!

I V

RENOVATIO

à Gabriel Cambon, Victor Zay, Célestin Durrieu.
In memoriam.

Quand la terre a repris, après la sépulture,
Le corps inerte et nu sous l'herbe des tombeaux,
La chair se désagrège et tombe en pourriture,
Silencieusement et lambeaux par lambeaux.

Dans l'enceinte funèbre où planent des fantômes,
Le ver se met à l'œuvre au cri des chats-huants ;
Les muscles et les nerfs se changent en atomes,
Les atomes en gaz épais, noirs et puants.

Sans cesse, jours et nuits, aubes et crépuscules,
L'âpre destruction travaille sans repos,
Broyant tout à la fois, pensée et molécules,
L'esprit avec la chair, et l'âme avec les os.....

C'est alors que sur ces débris de créature,
Sur cet informe amas de confus éléments,
Nous voyons, au printemps, l'immortelle Nature
Faire germer des fleurs aux calices charmants.

Et, dans ce renouveau plein d'étranges mystères,
— S'exhalant des cerveaux et des cœurs des défunts, —
Les sucs gluants et les miasmes délétères
Se transforment en flots de sève et de parfums !

———

V

LE SUPPLICE DE PROMÉTHÉE

Enchaîné, nu, dompté, sous le ciel qui flamboie,
L'audacieux, lassé d'un effort impuissant,
Blasphème, fou de rage, et son torse se noie
Dans des torrents fumeux de sueur et de sang.

Et l'infernal vautour, qu'un Dieu jaloux envoie,
Plonge son bec avide en ce sein frémissant;
Il ronge, il creuse et fouille incessamment son foie
Toujours jeune, toujours mourant et renaissant.

Bien plus cruelle, hélas ! bien plus terrible encore
Est cette ambition brûlante qui dévore
Ma poitrine et mon cœur à toute heure, en tout lieu.

Et, sous l'âpre douleur de l'atroce morsure,
Cachant aux yeux de tous l'incurable blessure,
Je me débats en vain, comme le demi-dieu.

VI

LE PAROISSIEN

à Maurice Faucon-Degris.

Dans un coin de la haute et vieille cheminée,
Près d'un dictionnaire épais, un paroissien
Étale tristement le vert de gris ancien
De son fermoir de cuivre à dorure fanée.

Quand, la première fois au saint banquet chrétien,
De jeunesse, de fleurs et de foi couronnée,
Mon aïeule, un matin d'été s'est prosternée,
— Ma mère me l'a dit, — ce livre était le sien.

Depuis que pour toujours elle s'en est allée,
Se coucher sur le dos sous sa croix isolée,
La famille a gardé ce souvenir aimé.

Or, un jour de l'ouvrir il me prit fantaisie,
Et j'en lus une page à tout hasard saisie....
Mais je ne sentis rien, et je le refermai. —

VII

à Georges Fragerolle

Oui, j'ai beaucoup aimé sur cette pauvre terre.
J'ai pressé sur mon sein bien des fronts adorés,
Et mes lèvres ont bu souvent dans le mystère,
Les larmes qui coulaient de deux yeux azurés.

Oui, j'ai maudit après, et je ne puis m'en taire,
Ces fragiles bonheurs si longtemps désirés,
Lorsque, désenchanté, je venais, solitaire,
Pleurer sur leurs lambeaux à jamais déchirés.

Mais j'aimerai toujours. — Qu'importe ma souffrance,
Et que le souvenir insulte à l'espérance,
Et qu'à mes rêves morts rie un destin railleur ?

O mon cœur, ici-bas, l'amour est une plante
Qui balance au zéphyr sa tige chancelante
Et qui pour fleur sublime a toujours la douleur.

VII

REBUS IN ADVERSIS....

à Maurice Rollinat.

Quand le malheur, ainsi qu'avec une cognée,
Vient tout à coup frapper sur ton cœur qui se tend,
Laisse aux dévots châtrés la torpeur résignée,
La prière à la femme et les pleurs à l'enfant..

La plainte serait lâche et l'orgueil la défend.
Fais comme le soldat qui, durant la saignée
Ou l'amputation, ricane triomphant,
Sur sa couche de sang et de sueur baignée.

Sans ployer le genoux et sans courber le front,
— A cette heure où là-haut les étoiles luiront, —
Pour consoler ton deuil superbe et solitaire,

Va dans la plaine sombre, et puis, de cette terre,
Crache un blasphème horrible à la voûte du ciel.....
Car le blasphème est doux aux lèvres, comme un miel.

IX

ELLES

à Félicien Champsaur.

Oh ! comme elles sont belles, les damnées,
Sous le patchouli, le cold-cream, le fard !
D'un stupide orgueil toujours couronnées,
Voyez-les passer sous le gaz blafard :
Oh ! commes elles sont belles, les damnées !

Voyez-les passer, gracieusement,
Amas de velours et de mousseline,
Balançant, dans un mouvement charmant,
Leur croupe, avec sa souplesse féline ;
Voyez-les passer, gracieusement.

Quelles belles nuits promettent ces femmes !
Oh ! les poings crispés, les muscles ardents,
Obscènes sanglots, ivresses infâmes,
Délire sans nom, grincement des dents !.....
Quelles belles nuits promettent ces femmes !

Oh ! mordre leur gorge et lécher leurs seins !
Oh ! sentir leur chair ferme et bien nourrie,
Leur chair blanche antant que les blancs coussins
Se tordre et bondir sur le lit qui crie !
Oh ! mordre leur gorge et lécher leurs seins !

Voyez-les passer, lionnes et louves,
Dardant fièrement leur regard vainqueur.....
— Étouffe ces chauds désirs que tu couves,
Et que tu ne peux combler, ô mon cœur ! —
Voyez-les passer, lionnes et louves !.....

X

L'ENGRENAGE

à Maurice Rollinat.

La machine qui tourne avec un bruit de scie
A pris par le poignet l'homme, tout doucement ;
Et, comme une amoureuse enlaçant son amant,
Elle étreint cette proie avec la frénésie
De ses baisers de fer grondants de jalousie,
Et l'homme hurle sous l'horrible embrassement ;
La machine qui tourne avec un bruit de scie
A pris par le poignet l'homme, tout doucement.

O frère, c'est ainsi que mon âme est saisie
Par ton vers à la fois effroyable et charmant.
Épouvanté, je lutte et me tords; mais comment
Fuir, sous les dents de ta terrible poésie,
La machine qui tourne avec un bruit de scie ?...

XI

UN MALHEUREUX

Je vais mon dur chemin, sombre, ne sachant rien
De ce que mon cœur veut, de ce que mon front couve,
Et, me heurtant à tous les rochers que je trouve;
Au pâle désespoir je demande un soutien.

Alors, faisant le mal de préférence au bien,
Je vais, sous la torture horrible que j'éprouve,
Et je hurle, les nuits, comme une vieille louve,
Car je suis le païen, le maudit et le chien.

Ainsi qu'Ajax, Satan, Caïn et Polyphème,
Ces antiques damnés farouches, je blasphème,
Refusant à jamais des dieux grâce et merci.

Je blasphème, bravant l'éternelle justice,
Et sans repos, je dois continuer ainsi
Jusqu'à ce que le feu du ciel m'anéantisse!

XII

LE PACTE

à Émile Goudeau.

Un soir, Faust, délaissant grimoires et cornues,
Écoutait les vents froids gémir sur la forêt.
Il regardait flotter les blancs linceuils des nues,
Et, sentant le grand ciel vide, il désespérait.

Alors, soudain, des voies on ne sait d'où venues,
Comme les cris aigus d'un loup qui hurlerait,
Jettent à ses côtés des notes inconnues :
La salle s'illumine, et Satan apparaît...

— Satan! quand à l'appel sombre du vieil athée,
Tu vins ainsi, tu vis la plume ensanglantée
Frissonner sous l'effroi dont hésitait sa main...

Eh bien, pour une nuit d'amour et de délire,
Méphisto, donne-moi le fatal parchemin,
Et je le signerai sans trembler.... et sans lire!

XIII

CONSOLATION

Je prendrai ma pipe en terre;
— Ce n'est qu'ainsi que je puis
M'égayer une heure, — et puis
Je fumerai, solitaire.

Et, durant les longues nuits,
Par ce philtre salutaire,
Peut-être ferai-je taire
Ma douleur et mes ennuis.

Dans la spirale embauméee
De la bleuâtre fumée,
En un rêve oriental,

J'évoquerai, sombre Mage,
Son éblouissante image
Aux froids regards de cristal.

XIV

IMPUISSANCE

à Jean-Marie Béret.

Oh! je voudrais sentir, ainsi que le vieux Dante
Dont la face rougeoie aux lueurs de l'enfer,
L'âcre plaisir de voir, dans la flamme mordante,
Des damnés se tordant sous ma haine de fer.

Et, domptant ma raison, lionne indépendante,
Las de souffrir ce mal que Pascal a souffert,
Je voudrais croire à tout ce que son âme ardente
Croyait aux pieds du Christ à ses terreurs offert.

Et devant Faust rêvant à la vierge allemande,
Comme lui je voudrais aimer, et je demande,
Près de deux yeux d'azur, de tressaillir d'émoi.

Mais mon cœur desséché sans colères palpite,
Le Doute vient s'asseoir sur ma foi décrépite,
Et l'ange de l'amour s'est éloigné de moi.

XV

RÉSIGNATION

Est-ce là la vie : à chaque buisson
Laisser par lambeaux notre chair fumante
Et sans cesse voir, dans la nuit dormante,
Nos rêves détruits joncher le gazon ?

Est-ce là l'amour : sentir la tourmente
Balloter notre âme au vent du soupçon,
Et, sous les baisers brûlants de l'amante,
Redouter la dent de la trahison ?

Seigneur, j'ai crié vers toi de mon gouffre,
Mes pleurs t'ont conté tout ce que je souffre,
Tu n'écoutes pas ou tu n'entends pas.

Donc je te maudis ou bien je te nie,
Et je poursuivrai ma route infinie
En laissant mon sang marquer tous mes pas.

XVI

REPOS

à Georges Dumas.

A force de lever les yeux sur ce ciel gris
Où la brume bizarre incessamment dessine
Des fantômes, dans cette atmosphère assassine
Qui pèse comme un plomb sur mes poumons meurtris,

A force d'étaler, devant l'âpre lésine,
Le halètement sourd de mes flancs amaigris,
Et de pousser, au sein des nuits froides, des cris
Sombres pareils à ceux des femmes en gésine,

Je retombe sous mon rocher, Sisyphe las ;
Je crois entendre au loin le chant aimé d'un glas ;
Alors, le lourd sommeil me couvrant de son aile,

Insensible au fiévreux désespoir qui me mord,
Dans l'oubli passager de ma lutte éternelle,
Vivant, je fais le rêve enchanteur de la mort.

LA BALLADE DE LA FIANCÉE

à François Coppée.

Passez, passez toujours, ô blanches fiancées,
    Portez plus loin vos pas errants,
Passez, front rougissant et paupiéres baissées,
    Devant mes yeux indifférents.

Pour un autre gardez votre lévre ingénue
    Pleine de baisers à donner,
Car celle que je veux n'est pas encor venue,
    Et je l'attends pour l'emmener.

Quand elle paraîtra, la maîtresse choisie,
    Prête à l'irrévocable hymen,
Je ferai de sa main avidement saisie
    Se choquer les os dans ma main.

Elle sera bien belle à mon âme amoureuse
    Qui l'appelle depuis vingt ans ;
Elle me pressera sur sa poitrine creuse
    Bien tendrement et bien longtemps.

Et lorsque nous viendrons dans l'ardent sanctuaire
    Peuplé de cierges éclatants,
Son voile nuptial sera le blanc suaire,
    Avec ses plis longs et flottants.

Pour couronne, en ce jour, les pâles immortelles
    Seront les fleurs que je lui veux,
Et j'en attacherai le grand nœud de dentelles
    Autour de son front sans cheveux.

L'encens m'enivrera jusques au fond de l'âme
    De ses voluptueux parfums,
Et l'orgue chantera, suprême épithalame,
    L'hymne consacré des défunts.

Aux marches de l'autel, sous le poele livide,
    Son dur genou se courbera,
Et, se levant sur moi, son grand œil fixe et vide
    En face me regardera.

Je me prosternerai comme elle, sans rien dire,
    Dans un silence solennel,
Et je verrai sa bouche affreuse me sourire
    Avec son sourire éternel.

Et quand ma main mettra l'anneau d'or de l'épouse
    A son doigt dénudé de chair,
Des bonheurs d'ici-bas dans mon âme jalouse
    Je renfermerai le plus cher.

Puis, entourant sa nuque articulée et chauve,
    Avec des tremblements lascifs,
Mon bras l'entraînera vers la paisible alcôve,
    Sous les cyprès et sous les ifs.

Là, sur ma lèvre blême alors collant sa bouche,
    Dès que nous serons seul à seul,
Pour montrer à mes yeux sa nudité farouche,
    Elle entr'ouvrira son linceul.

Dans l'angle ténébreux du caveau solitaire,
    Sur notre funèbre oreiller,
De nos songes remplis d'amour et de mystère,
    Nul ne viendra nous réveiller.

Quand parfois près de nous, sous la croix et le saule,
        Pour pleurer viendront les amants,
Ils entendront toujours, douce voix qui console,
        Le bruit de nos chuchotements.

Nous verrons du hibou saillir la silhouette
        Sur la corniche des tombeaux,
Tandis qu'à nos amours cette étrange alouette
        Chantera ses chants les plus beaux.

Et sur nos ossements qui s'étreindront dans l'ombre,
        Et sur nos crânes vermoulus,
Les siècles rouleront leur amas et leur nombre
        Ainsi que l'océan son flux...

Ainsi passez toujours, ô blanches fiancées,
        Portez plus loin vos pas errants,
Passez, front rougissant et paupières baissées,
        Devant mes yeux indifférents.

Et nous pourrons unir nos têtes sans visages
        Dans un baiser longtemps goûté,
Et nous nous aimerons jusqu'à la fin des âges,
        Dans le sein de l'éternité...

Pour un autre gardez votre lèvre ingénue
  Pleine de baisers à donner,
Car celle que je veux n'est pas encor venue,
  Et je l'attends pour l'emmener.

PYRÉNÉENNES

LE CHÊNE

A Eugène Le Mouël

Le tronc en est creusé par l'âge et par les vers,
Et, parmi les buissons et les ronces voisines,
Il engendre, dans ses malfaisantes gésines,
L'ortie, et la cigüe et les champignons verts.

Et c'est là dans les trous profonds de ses racines,
— Lorsque les lourds midis ruissellent au travers
De l'enchevêtrement des fourrés entr'ouverts, —
Que s'accouplent, en paix, les guivres assassines...

Ce chêne, voyez-vous, a plus de deux mille ans :
Il a jadis nourri les hommes de ses glands,
Et les Druides longtemps ont vénéré son ombre.

Il est vivace et fier, malgré tout, et les nids
Des piverts et des geais s'abritent en grand nombre
Dans ses rameaux tout pleins de concerts infinis.

II

à *L. M.*

Dans la salle aux murs gris de l'auberge interlope
Qui porte pour enseigne une branche de pin,
Nous la vîmes levant en l'air son escarpin,
En posant son genoux sur le banc qui s'écloppe.

Sous la serge dont son épaule s'enveloppe,
Dans son verre graisseux elle trempait du pain,
Riant à tout buveur, maquignon ou rapin,
Qui pelotait ses seins en lui disant : « Salope ! »

Vous en souvenez-vous, Rosette ? — Et je surpris
Sur votre lèvre un fier plissement de mépris
Devant cet être abject qui n'a même plus d'âme.

Le personnage était bien digne du décor.....
Et moi, qui vous aimais, pouvais-je croire encor
Que vous seriez un jour plus ignoble, Madame ?.....

III

UNE CONQUÊTE

à Georges Lorin.

Je rêvais, sur le banc de pierre,
Fermant à demi ma paupière ;
Mais sitôt qu'elle m'apparut,
Dans les genêts et les verveines,
Je sentis gronder dans mes veines
Des élans de satyre en rut.

C'était une Pyrénéenne
A l'encolure herculéenne ;
Nu-tête et nu-pieds, elle allait,
— Quand elle accourut à mon signe, —
Cueillir des herbes, par la vigne,
En mâchonnant du serpolet.

Sous un châtaignier centenaire
Qu’avait crevassé le tonnerre,
Elle se tint à quelques pas :
Les geais jacassaient, les cigales
Egrenaient leurs notes égales ;
Mais je ne les entendais pas.

Et je contemplais la guerrière,
Hanche en avant, col en arrière,
Cambrant son ventre et son poitrail,
Cependant qu’auprès de sa joue,
Aux feux du soleil qui se joue,
Saignaient ses lèvres de corail.

La fille avait sur sa figure
Un air hardi de bon augure ;
L’heure et l’endroit étaient pour nous ;
L’ombre d’un hêtre fut l’asile
D’une idylle chaude et facile :
Elle s’assit sur mes genoux.

Dans les transports de mon étreinte
Mon bras marqua de son empreinte

Ses reins aux insolents défis,
Et soudain son épaule mate
Se rougit, grillée, au stigmate
Du premier baiser que j'y fis.

Le déshabillé de sa mise
Laissait s'entrouvrir sa chemise
De toute l'ampleur de l'ourlet :
Et je pus admirer à l'aise
Sa chair couleur de terre glaise
Qui pantelait et ruisselait.

Deux mèches se tordaient, pareilles
A deux serpents, sur ses oreilles,
Et tout à coup je les vis fuir,
Se déroulant une par une,
Et lécher sur sa nuque brune
Le suintement clair de son cuir.

Ma main en rampant sous la toile,
Avec les cinq doigts en étoile,
Pouvait à grand peine saisir
La rondeur des mamelles lisses,

Et je savourais les délices
De les caresser à loisir.

Son rire tombant par saccades,
Dans un murmure de cascades,
M'étourdissait; et, par instants,
Sa chevelure et sa poitrine
Faisaient monter à ma narine
D'étranges parfums irritants.....

Elle avait seize ans; mais son buste
Tout à la fois souple et robuste
En portait vingt en vérité.
Vierge inculte, fauve pucelle,
En moi son image étincelle
Comme les midis en été !

Deux ans d'amour mièvre et mignarde
N'ont point chassé la montagnarde
Des souvenirs de mon passé.
Et je vieillis sans que je puisse
Oublier ses flancs et sa cuisse
S'étalant au bord du fossé.

Et souvent, tandis qu'il me semble
Que nous sommes toujours ensemble,
Sangdieux ! il me revient encor
Le goût de sa bave salée
Et l'odeur de corne brûlée
Qu'exhalaient ses rudes crins d'or.

———

IV

AU BAS D'UNE ESQUISSE

à Hippolyte Charlemagne.

Si mon crayon était fidèle,
S'il reproduisait trait pour trait
Toutes les grâces du modèle;
Si ce dessin était portrait,

Certes, nul ne s'étonnerait
Que l'amour, d'un léger coup d'aile,
Soit venu frapper en secret
A mon pauvre cœur tout plein d'elle.

Pardonnez-moi si c'est en vain
Qu'en la voyant j'ai voulu rendre
Ce que son front a de divin,

Ce que ses lèvres ont de tendre,
Ce que ses yeux ont de vainqueur :
Ma main tremblait comme mon cœur.

V

B. P.

Sans bijoux dans sa mise, et sans rubans parmi
Ses longs cheveux châtains aux deux nattes lissées,
Elle est bien belle, avec ses paupières baissées
Et sa gorge d'ivoire inclinée à demi.

Pourtant, jusqu'à ce jour, jamais ses mains glacées
Au contact d'une main ardente n'ont frémi,
Rien n'a troublé le calme austère des pensées
Où repose son cœur, sans rêves endormi.

Elle attend, sphinx étrange, immobile et sévère,
Regardant à travers la clepsydre de verre
Rouler ses jours perdus avec le sable fin,

Quels yeux viendront, dardant les glaives de leur flamme,
Lui colorer le front et lui réveiller l'âme,
Pour que cette statue aime et soit femme enfin ?

VI

PAYSAGE

à Grenet-Dancour.

Sur ces rocs anguleux qui dominent la plaine,
Au-dessus de la foule et du monde mesquin,
La tête dans l'azur, les pieds dans le lichen,
Je viens boire les vents des monts à gorge pleine :

Une pastoure, assise et lasse, en casaquin,
Dort, sous un châtaignier, les doigts croisés sur l'aîne,
Tandis que, tout autour, les houx tondent la laine
Du bélier et le poil reluisant du bouquin.

La silhouette en feu d'un char de paille oscille
Sur la route, guidé par un gars dégourdi
A ceinture écarlate où pend une faucille.

Et l'on voit, sous les flots torrides de midi,
Dans les prés sillonnés de ruisseaux et de sentes,
Les grands braus s'accouplant aux génisses puissantes.

—

VII

LA MOISSON

à Hippolyte Dargent ∴

Au grand vent de Quatre-vingt-treize,
La République, largement,
Sema de son plus pur froment
La vieille campagne française.

Elle arrosa de sang fumant
Les noirs sillons de terre glaise,
Et, pendant un siècle, à son aise,
Le blé put germer lentement.

Depuis, bien des soleils superbes
Ont jauni les splendides gerbes....
Aux champs! c'est l'heure du départ;

C'est le tour de la faux mordante,
Car la moisson est abondante,
Et tout le monde aura sa part.

VIII

UN VIEUX

à Ferdinand, Théodore, Marcel et Paulin Durrieu.

Il est assis, le soir, sur le seuil de la porte,
Dans un fauteuil ; le vent qui vient des monts lui porte,
A lui qui ne fait plus de rêves d'avenirs,
Des passes de senteurs pleines de souvenirs.
Son visage est toujours riant, sous sa bonnette,
Et ses petits yeux gris ont un regard honnête,
Doux et malin, tout en s'écarquillant pour voir
Les gouges aux bras nus descendant au lavoir.

Il attend son moment, mais sans qu'il le redoute :
C'est son tour ; et demain il s'en ira sans doute
Se reposer alors au pied du mur jauni
De l'église, car son labeur est bien fini.
Eh bien ! il est joyeux et souriant quand même :
« Et je serai pleuré, pense-t-il, car on m'aime... »

Cependant qu'à ses pieds, roses et triomphants,
S'ébattent les enfants de ses petits-enfants !

IX

RÊVE

à Félix Galipaux.

Le réséda, l'iris avec la camomille
Embaumeraient dans les parterres d'alentour,
Et le ciel, où l'essaim des étoiles fourmille,
Nous ferait une nuit plus belle que le jour.

Nous serions seuls ; pourtant sa mère et sa famille
N'inquiéteraient point nos entretiens d'amour,
Et nous ferions sans fin, sous l'ombreuse charmille,
Se succéder serments et baisers tour à tour.

Ainsi s'écouleraient les heures, pour nous brèves....
Oui, voilà le bonheur que demandaient mes rêves,
Le repos attendu du Juif-Errant damné.

Je n'avais, dans le vide immense qui m'accable,
Exigé que cela..... Pourquoi, sort implacable,
Jamais jusqu'à présent ne me l'as-tu donné?

X

AD MEMORIAM EJUS.....

Mon âme est comme ensorcelée;
Toujours, pauvre cerveau, tu bous :
Mon crâne, marmite fêlée,
Suinte des vers par tous les bouts.

Donc, vers la lointaine vallée
Des lianes et des bambous,
Je lâche l'hybride volée
De mes chants, bouvreuils et hiboux.

Qu'ils partent, frêles volatiles,
Vers ces champs jeunes et fertiles
Que dore un clair soleil de mai,

Et que leur essaim chante ou crie
Sans cesse le nom de Marie,
De la seule qui m'ait aimé.

XI

LE ROC

à Henri Villain.

Il a quinze cents pieds de haut, et l'on dirait,
A voir son front râcler le ventre de la nue,
Qu'il supporte le ciel sur sa tête chenue
Que coiffe d'un joyeux bonnet une forêt.

Pour tout ce qui verdoie ou qui chante, il paraît
Plein d'hospitalité douce et de bienvenue;
Il fait sourire, bon vieillard, sa face nue
Aux ébats du cul-blanc et du chardonneret.

Ma rêverie en paix prend son vol et s'oublie
A contempler sa forme anguleuse ou polie
Qui donne au vieux rocher l'air d'un visage humain :

Chaque pli, chaque creux lui fait comme une ride,
Et le soleil, qui vient lécher la pierre aride,
Met au gris de sa joue un reflet de carmin.

XII

OUBLI!

à Paul Vivien.

Elle avait à peu près vingt-cinq ans; sa toilette
Était un jupon court de serge violette
A bordure marron, avec un casavet
Que la ferme rondeur de ses tetons crevait.
Elle avait un cynisme étrange dans l'allure;
On voyait, en flocons laineux, sa chevelure
Sortir du foulard bleu qu'une agrafe étoilait;
Ses lèvres murmuraient quelque obscène couplet,
Comme ceux que l'on chante aux bouchons, les dimanches,
Et ses deux bras ballants lui battaient sur les hanches.

Elle marchait ainsi sur le trottoir glissant.
Parfois, ses yeux plombés accostaient un passant
Qui, soudain s'arrêtant, pour l'observer sans doute,
La dédaignait, et puis continuait sa route.

Et moi j'allai vers elle, alors, et je lui dis :
« Voyons, mène-moi donc, fille, dans ton taudis.... »

Frère, si quelque jour tu sens, comme une lame,
Un souci pénétrant te ronger jusqu'à l'âme ;
Si la douleur jamais à ton cou se suspend
En s'enroulant autour de toi comme un serpent,
Si, sous un coup du ciel, ton jeune front s'incline,
Si ton jarret fléchit pour monter la colline,
Si tes rêves brisés jonchent ton dur chemin,
Si tu n'as plus d'ami pour te donner la main,
Si ceux qui t'enviaient bavent sur ta détresse,
Si ta mère a maudit son fils, si ta maîtresse
A foulé sous ses pieds le cœur de son amant,
Et si tu veux enfin oublier un moment,
— Quand on est malheureux, qu'importe d'être infâme ? —
Fais ce que j'ai fait, frère, et va chez cette femme !.....

XIII

UN CRIME

à Désiré Ringel.

On la battait chez elle, avant que je la visse,
Enfant chétive et maigre autant qu'un sac de clous ;
Je vins, et ses parents, paysans et marlous,
La laissèrent sans peine entrer à mon service.

J'écartai cette ouaille ignorante et novice
Du couteau du boucher et de la dent des loups ;
Avec les soins d'un père et les yeux d'un jaloux,
Je tins sa pureté loin du mal et du vice.

J'attendais. Et sitôt que sa virginité
Fut mûre à point, ainsi qu'un raisin en été,
Je fus là, vieux paillard, voluptueux immonde...

Et pourtant, toujours gai, fanfaron et moqueur,
Sous les rayons du ciel je m'en vais par le monde,
Et jamais le remords ne hurle dans mon cœur.

XIV

LE FIGUIER

à Henri Ferté.

Le figuier s'abritait derrière la maison,
— Ruine du passé qui dans mon cœur surnage ; —
Les chenilles ouataient, dans leur pèlerinage,
Çà et là, son tronc noir d'une blanche toison.

Les geais avaient niché leur pétulant ménage
Dans ses feuilles qu'aux soirs de la chaude saison
Empourpraient les soleils saignant à l'horizon.
Les vieillards me disaient ne pas savoir son âge !

Il versait, à midi, sa fraîcheur sur le front
Des batteurs qui montraient, en s'attablant en rond,
Leur poitrine velue et de sueur baignée.

Dans les fèves, parmi le buis et le glaïeul,
Je grandis à son ombre où s'asseyait l'aïeul;
Et je pleurai quand il cria sous la cognée.

XV

SCEPTICISME

Oui, je le sais, oui, tu viendras
Au rendez-vous que je te donne
Plus exacte, Dieu me pardonne!
Qu'un chef d'orchestre d'opéras;

Je sais que tu te laisseras,
Comme une amante s'abandonne,
Avec ta douceur de madone,
Enlacer longtemps dans mes bras;

Je sais bien que le sentier sombre
Entendra nos baisers sans nombre
Chuchoter leur rhythme moqueur;

Que tes pleurs couleront d'eux-mêmes....
Eh bien! malgré cela, mon cœur
N'ose pas dire que tu m'aimes.

XIV

UN COMBAT

à Camille Delthil.

C'était en plein foirail ! C'était en plein midi !
Il vous fallait les voir se battre ainsi....
Pardi,

Deux robustes gaillards : cheveux ras et chairs rouges,
Et carrure à donner envie à bien des gouges.
L'un était un boucher d'Oust, et son compagnon
Un commerçant de bœufs, ou mieux, un maquignon.
Tout cela, paraît-il, venait d'une dispute.
Le maquignon avait, en criant : « Fils de pute ! »
Cinglé, d'un coup de fouet, le visage bouffi

Du boucher d'où partaient l'insulte et le défi.
Et celui-ci, poussant un hurlement farouche,
Du feu dans le regard, de la bave à la bouche,
Fou de rage, s'était rué sur le marchand;
Et tous deux se prenant corps à corps sur le champ,
Heurtaient leurs forts poitrails pleins de haines jalouses...

En lambeaux, sur leurs reins, pendaient leurs longues blouses...

Soudain, un gros caillou l'ayant fait trébucher,
Le maquignon, tombant, entraîna le boucher.
Ils roulèrent alors, mais, malgré la surprise
De la chute, toujours tenaces dans leur prise,
Et balayant la boue en leurs soubresauts lourds.
Deux bouledogues nés pour les combats à l'ours
Sont moins féroces, vrai! que ces brutes à l'œuvre,
Tordant leurs corps pareils à des nœuds de couleuvre.

Pas de plainte, d'ailleurs, ni de rugissement
De fureur, ne sortaient de cet acharnement;
Pourtant, on entendait, ainsi qu'un bruit de forge,
Leur souffle rauque et chaud haleter dans leur gorge.

Et les gens, admirant l'accouplement affreux,
S'écartaient et faisaient large place pour eux.
— Ne fallait-il donc pas qu'ils fussent à leur aise ? —
Avec une gaîté bestiale et niaise,
Beaucoup riaient : ma foi! c'était un passe-temps...

Or, la lutte durait déjà depuis longtemps,
Quand la gendarmerie, à la hâte accourue
Vers cet attroupement, déboucha par la rue.

Mais les deux malheureux gisaient sur le sol gras,
Immobiles, râlants, excédés; et leurs bras
S'allongeaient, fatigués d'étreindre, sur leurs torses.
Les machines avaient rendu toutes leurs forces :
Les nuques ruisselaient, et les muscles lassés
Se détendaient ainsi que des ressorts cassés....

Effroyable repos! lugubre somnolence!

Dans leurs flancs, leurs poumons, mûs avec violence,
Montaient et s'affaissaient, poussifs, n'en pouvant plus,
Dans un balancement de flux et de reflux.

Les gendarmes alors brusquement s'approchèrent
Des deux gladiateurs que leurs mains accrochèrent.

En s'y prenant à cinq, on put venir à bout
D'enlever le boucher que l'on maintint debout,
Mais prêt à retomber comme une inerte masse.

Son visage n'était qu'une horrible grimace
Toute faite de chair pétrie avec du sang.
(Le marchand à ses pieds était toujours gisant.)

Oh! j'aurai, souvenir hideux que rien n'efface,
Devant mes yeux longtemps présente cette face :
Quatre sillons ouvraient la peau, partant du front,
Et laissaient voir, au lieu de l'œil gauche, un trou rond
D'où sortait un tendon retenant la cornée
Qui descendait sur la pommette décharnée....

L'homme se transformait en monstre.
                                        Et l'on voyait
Sa mâchoire, elle aussi mise à nu, qui broyait
— Trophée insigne et seul calmant de ses colères ! —
Un pan de chair fumante attachée aux molaires....

Et j'entendis ces mots dits par un des témoins :
« C'est-il bête! on eût dû les laisser faire au moins!...»

XVII

LA VIGNE

Rappelle-toi, cousine : elle était exposée
Tout au nord; une haie aux massifs inégaux,
Abri des vifs lézards et des lents escargots,
La bordait, ruisselante, au matin, de rosée.

Nous contemplions, de la cabane de fagots
Qui s'élevait au bout, informe et sans croisée,
La rivière, et la combe au soleil embrasée,
Et le château qu'avaient bâti les Wisigoths.

A nos pieds, nous avions le village champêtre,
Ses aunes et ses prés luisants où venaient paître
Les bœufs et les juments qu'on entendait hennir,

Et le vieux pont de pierre et l'église voisine.....
Mais pourquoi donc ainsi vous parler, ma cousine;
Cela n'est-il pas mort dans votre souvenir ?...

———

XVIII

L'HERCULE

à Raoul Lafagette.

Il a ce calme fier que lui donne la gloire.

Aucun rival n'a pu le tomber à la foire ;
Dix mille spectateurs ont applaudi ses coups :
Cassant les reins, broyant les bras, tordant les cous,
Il a, sous ses genoux de fer, fait crier grâce
A tous ses concurrents mordant la terre grasse.

Malgré les durs labeurs du jour, quand vient le soir,
Il ne se sent encore nul besoin de s'asseoir ;
Avec la majesté des lions, sur l'estrade,
Il se promène, fort et doux, il se parade.

— C'est rude et dangereux de lutter : un caillot
De sang, sur la blancheur mate de son maillot,
Comme une croix d'honneur, là, près du cœur, éclate,
Aussi rouge que son caleçon écarlate. —

Ainsi qu'une crinière épaisse, ses cheveux
Roulent, en torrents d'or, le long du col nerveux.
Il est fauve et serein. Dans la marche, son torse
Oscille avec le charme étrange de la force;
Et son pas est tranquille et moelleux; mais le bois,
A chaque instant, fléchit et grince sous son poids.
Et ses bras vigoureux, croisés sur sa poitrine,
Ressortent, nus, et bruns sur un fond de farine.
Ses muscles font bomber la chair, et l'on dirait
Qu'ils vont crever soudain la cuisse et le jarret.

Or il marche, puissant, indolent et superbe.
Il a les regards bleus; et son visage imberbe
Ne connaît pas les pleurs, le rire ou le courroux.

Et des femmes, béant aux pieds du lutteur roux,
Admirent à pleins yeux sa grandeur surhumaine;
Et leur cerveau se trouble et leur cœur se démène,
Pleins du désir fiévreux et vague d'un amant
Qui leur brisât les os dans un embrassement.

XIX

LA TRESSE

Avec ma joie, avec mes vœux,
Floraison fauchée et fanée,
Elle est là, sur la cheminée,
Où je la mis, où je la veux,

La noire mèche de cheveux
Que Marie un jour m'a donnée,
Elle est là, depuis une année,
Charbon refroidi de nos feux.

Et bien souvent je la respire.....
Alors mon amour, sous l'empire
Des souvenirs effervescents,

Redresse sa coupe fatale ;
Et, tout comme autrefois, je sens
L'étreinte horrible du crotale.

XX

LE SOIR DE LA FÊTE

à Marie Krysinska.

Les danses nous ont assez
        Enlacés
Dans leur tourbillon folâtre;
Petite, voici le tour
        De l'amour,
Et, tu sais, je t'idolâtre.

Viens, puisque nous nous aimons :
        Sur les monts,
Vénus, pleure sa lumière.
Et j'entends, dans les sillons,
        Les grillons
Chanter l'hymne coutumière.

De l'azur du firmament
  Doucement
Tombe en perles la rosée;
Viens, puisque c'est un beau soir,
  Nous asseoir
Dans la campagne apaisée.

Ecoute : le vent qui est
  Inquiet,
Frôle les branches prochaines,
Un soupir, des bois touffus
  Sort, confus,
Eclos dans le cœur des chênes.

Viens, charmant mes longs soucis
  Adoucis,
Bercer mon âme oublieuse;
Les buissons dans le lointain
  Incertain,
Nous font un lit sous l'yeuse.

XXI

LA VOTE

à Gustave Kahn.

Ma foi ! qu'un peu de joie enfin leur soit permise,
Après tant de sueurs, de misère et de maux.....
La messe dite, on voit les filles des hameaux
Passer, fraîches, avec plus de soin dans leur mise.

Et l'orchestre est là-bas, tapissé de rameaux.
Lors, chaque paysan, en manches de chemise,
Bras dessus, bras dessous, emmène sa promise,
Et, tous ensemble, ils vont danser sous les ormeaux.

Parfois, interrompant le bal, sans qu'on le guette,
Un couple se promène ou s'attable, un instant,
Sous la toile tendue en l'air de la guinguette.

Et puis, lorsque la nuit est tombée, on entend,
— Si l'on suit le chemin des montagnes prochaines,—
Soudain des pas légers s'enfuyant sous les chênes.....

XXII

L'ANCIENNE

à Étienne Groslar

Au milieu des rochers polis comme des crânes,
Parmi les buissons roux où s'aiment les crapauds,
Où broutent, çà et là, les ouailles, les ânes
Et les grands boucs lascifs, fécondeurs des troupeaux,

La masure s'écroule, incessante ruine :
La porte, en proie aux vers, montre ses fers rouillés,
Et, par le toit branlant, la neige et la bruine
Attaquent sans repos ses noirs planchers mouillés.

Une pierre, arrachée entre temps de la masse,
Roule de la muraille où circulent en paix
L’escargot, le lézard subtil et la limace,
Dans la mousse jaunie et dans le lierre épais.

Depuis bien des hivers, c’est là qu’elle demeure,
La sorcière; c’est là qu’elle est née, et c’est là
Qu’elle se traîne encore, attendant qu’elle meure,
Avec son chat qu’un jour une ratte aveugla.

Souvent, durant le jour, de village en village,
On la trouve boitant le long du grand chemin;
Elle végète ainsi, mi-folle, depuis l’âge
De cinquante ans, jetant des sorts, tendant la main;

Amusant les enfants, faisant peur aux dévotes,
Récoltant quelques sous entre ses doigts roidis,
Elle va, parcourant les foires et les votes,
Et, quand tombe le soir, elle rentre au taudis...

Aujourd’hui, c’en est fait et son heure est venue.
Elle sent, à la fin, un lourd poignet d’acier
Qui vient, brutalement, tordant sa gorge nue,
Lui secouer l’échine et boucher le gosier.

Et la chambre est sinistre et froide; elle s'effraie
De ces murs délabrés où toujours son sommeil
Se berçait au concert lugubre d'une orfraie;
Elle veut être gaie et s'éteindre au soleil.

Alors, les jarrets pris d'une invincible crampe,
Roulant dans ses haillons, ainsi qu'en un linceuil,
Son corps sec comme un cuir de semelle, elle rampe
Sur le sol inégal et gluant jusqu'au seuil :

C'est par un beau matin du mois d'août; dans la plaine,
Les faucheurs haletants peinent dans les épis,
Et la tiéde campagne, au loin, est toute pleine
De moissons et de prés déroulés en tapis.

Il s'élève des bruits de chansons étouffées,
Le grand ciel luit à flots sur les sillons criblés,
Et la brise d'été passe avec des bouffées
De parfums sur les bois, les hommes et les blés....

Et la vieille s'en va. — Pourtant, c'est sans envie,
Sans crainte et sans regret qu'à jamais elle part.
N'a-t-elle pas usé jusques au bout la vie;
N'en a-t-elle pas eu sa part, sa large part ?

Certe, elle fut jolie, alors qu'elle était jeune,
Et ce n'est pas avoir chèrement acheté,
Au prix de quelques mois de misère et de jeûne,
L'infini du plaisir et de la volupté.

Ses regards sont voilés d'insomnie et de fièvres;
Mais ils brillaient jadis comme des diamants
Quand, la nuit, dans le creux des broussailles, ses lèvres
Prodiguaient les baisers à ses trois cents amants.

Tous les coins et recoins, du mont à la ravine,
Ici près et dans les territoires voisins,
Aux ébats triomphants de sa croupe divine
Ont mille fois servi de lit et de coussins;

Bêcheurs noirs de fumier, meuniers blancs de farine,
Rentiers et vagabonds, ensemble ou tour à tour,
Ont caressé les chairs fermes de sa poitrine,
Et de sa nuque blanche embrassé le contour.

Ah! qu'on la connaissait dans le pays, la gueuse.
Sur son robuste sein à loisir étalé,
—Pour calmer son ardeur indomptable et fougueuse,—
Beaucoup ont soupiré.... Quelques-uns ont râlé.

Et ceux-là ne sont plus, que son rut âpre et fauve
Fit courir de bien loin à la ronde ; et, là-bas,
Peut-être attendent-ils, dans l'éternelle alcôve,
Brûlants, et prêts comme elle à de nouveaux combats...

A l'heure où le ressort de son être se casse,
Elle sait bien que nul n'entendra ses adieux,
Qu'on laissera pourrir son immonde carcasse,
Et que, pour la pleurer, son vieux chat n'a plus d'yeux ;

Qu'importe ? Elle mourra par cette matinée
Splendide, dans les ors rosés de l'orient,
Et, galeuse, meurtrie, horrible, abandonnée,
La chienne crèvera quand même en souriant....

Et la vieille s'en va ; — mais son âme ravie
Ignorera les dents atroces du remord :
Pendant trente ans, l'amour rayonna sur sa vie,
Aujourd'hui, le soleil rayonne sur sa mort!

TABLE

PYRÉNÉENNES.

Paris. — Imprimerie Ch. Unsinger, 83, rue du Bac.